별을 보러 강으로 갔다

별을 보러 강으로 갔다

정양주 시집

문학들

시인의 말

산길을 걷는 일은 늘 즐겁습니다. 같은 길이 계절마다 눈높이에 따라 다른 풍경을 보여 줍니다. 불쑥 함박꽃이 머리 위에 달리고 능선 아래로 노을빛 닮은 단풍잎이 팔랑거리다 온 산이 눈꽃을 피우기도 합니다. 발목으로 걷다가 허리로 걷다가 때로는 이마로 걷는 길, 나에게 시를 쓰는 일은 이 산길을 걷는 걸음입니다. 발길이 머물거나 눈길 마주친 곳에 맺힌 이야기 담아 엉성하게 묶어 봅니다. 함께 걷다가 갈림길에서 길을 나누어 준 분들, 먼 곳에서 메아리로 길이 있음을 알려 준 분들, 늘 곁에 있는 가족과 시우들, 고맙습니다.

2018년 6월
정양주

차례

제2부

제3부

제4부

제1부

환하면 끝입니다

하늘이 두 뼘쯤 되는 산골짜기 집 마당에
백 촉짜리 백열등 주렁주렁 달렸습니다

저 집에서 다시 불빛 새어 나올 일 없습니다
장독대 항아리들 다시 빛날 날 없습니다
툇마루에 걸터앉을 엉덩이 없습니다

시골집 환하면 그것으로 끝입니다
마지막 불빛입니다

옛길

아버지 무덤에 벌초 가다 보니
새로 생긴 무덤이 여럿이구나
쥐방울처럼 싸돌아다닌 길이라
내가 이름 모르는 이의 무덤은 신기한데

이러다가 내가 다니던 옛길 다 신기해져
길 잃고 무서워 울겠구나

경천리 가는 길

누이의 무덤에는 억새꽃 하나 흔들리지 않더라

누이의 무덤에는 풀벌레 한 마리 울지 않더라

누이의 무덤에는 솔이끼만 새록새록 돋아나더라

자식 살림 엷어지니 그 집마저 미안한지

봉분 버리고 다시 산으로 돌아가고 있더라

남평

눈이 수북한데 거둬 가지 않은 배추
꼬마 눈사람마냥 옹기종기 논에 앉아 있다
매운바람 불면 내 기억 속 남평은 아스라이 멀어
감춰 두고 조금씩 꺼내 울고 싶은 곳
열 살 때 엄니 따라 시래기 주우러 처음 온 곳

새벽부터 리어카 끌고 삼십 리, 배추밭 주인 눈치 보며
작업하는 인부들 꽁무니에서 시래기를 모으고
폭 덜 찬 배추 몇 개 더 얻어
칼바람 속에도 등짝에 땀나던
배춧잎 달랑 한 장 토끼 주고
우리 식구가 겨우내 다 먹었던

남평 들은 넓어 논둑의 쑥부쟁이도 탐지고
겨울에도 푸른빛이 넘실대는 곳
신도시가 들어선다고
들판을 쪼개며 도로들이 이리저리 엉켜도
남평은 늘

눈 뒤집어쓰고 배추처럼 한참 앉아 있고 싶은 곳
드들강 가슴 시린 물소리에 서로 머리 찧는 갈대처럼

눈이 내리면 남평은 아득히 더 넓어
길도 들도 나무도 사라지고
찰랑이는 드들강 따라
누나들과 길게 이마 맞대고 싶은 곳

양지편의 겨울

양은 주전자 혼자 마루 햇살 차지하고 있다
막걸리 가득 담았던 홍은 찌그러진 자국으로 남고
몽당 빗자루와 분홍물 다 바랜 플라스틱 파리채가
기운 기둥을 붙들고 있다
기억이 남으면 사라지는 것은 없구나
그러고 보니 방문에 붙어 있던 파리들은 다 어디로 갔지
거미가 떠난 거미줄은 묵은 솜처럼 처져 있고
내 몸에 온기로 스미던 아궁이는 툇마루 끝에서
울컥 튀어나와 한숨을 내쉬고
장독 아래 구슬들도 반짝이니
사라지는 것은 기억뿐이구나
구멍 숭숭한 저 흙담 아래 울음 섞어 웃던
잊지 않고 꼭 돌아와 다시 살겠다는 말도

돌보지 않아 다시 산이 되어 버린 무덤들은
편백나무 가지들을 키우고
아무 일도 없이 햇살은 고루 비춰
기억은 고쳐 저장되고

아이들은 양지편이라는 말을 몰라
저수지 아래 할아버지 마을터라는 이름 새로 태어나고

달개비꽃

어둡고 습한 곳 골라
달개비 피었더라

몇 세대 지냈는지 몰라도
빈 집 뒤란 담벼락에 붙어

진청색 꽃잎 속에
무어라 못한 말
노란 입술 삐죽 내밀고

남매 쪼그리고 앉아
밤하늘 보던 모습처럼

그늘진 얼굴들 모여
달개비꽃 피웠더라

20

달맞이꽃

누가 온다고
밤 깊은 저수지 둑 위에 나와 섰느냐
키 작은 강아지풀 쪽으로 허리 굽히고
그믐달 떴다 지는 줄 모르고
그리 쫑알거리며 킥킥 웃느냐

나도 곁에 앉아 기다리다가
구름 그림자에 픽 웃다가
낯선 산골짜기 하룻밤 잘 보냈다
오는 사람 가는 사람 없어도
들어오고 나가는 물소리
보이지 않아도
하룻밤 길지 않았다

바짓단에 내린 이슬을 마시고
새로 찾아오는 어둠과 놀려면
날마다 죽어야 한다고
어제 피었다 지고
오늘 새로 핀 꽃 달맞이꽃

길을 찾아서

형이 밤늦도록 주역을 읽는다
어쩌다 대출 보증에 이름 한 번 올린 죄로
끝날 기약 없는 월급 압류, 삼 년이 넘으면서
퇴근길로 밥상을 펴 놓고 주역을 읽는다
여름날엔 산 안에 들어야 길이 보이고
겨울에는 산 밖에 나야 길이 생긴다는
이미 죽은 선사의 말을 흘리며
책장을 넘긴다

밤을 꼬박 새운 아침은
숭숭 빠진 더벅머리 손으로 쓸어 넘긴 모습
행간처럼 어지러워도
형이 고루하거나 미련스럽지 않다
밤마다 온 산 일구는 머슴새 소리
꽃망울 터뜨리는 함박꽃 아래
형이 내는 새 길을 함께 걷고 싶다
지금 막 오르는 고갯길
쉰 숨소리 나누며

선암사 부도밭

길 떠난 지도 이제 오래
누이의 흰 뼈는 지금 얼마쯤 삭고 있는지
무씨만 뿌린 채 손 놓아 버린 비탈밭에
저절로 자란 무청은
단풍 든 내 눈 속에 사각이며
입안에 푸른 물 가득 채워 주고

은행나무는 온통 달덩이로
삶은 가볍고도 환한 것이라고
힘겨운 산길을 토닥여 주는데
폐가의 장독대처럼
적멸寂滅에 빠져든 부도 곁
한나절 웅크리고 잠든 귀에
들리는 탁한 돌종 소리
누이가 무거운 돌부도 굴려서
울리는 종鐘소리

풍화된 돌 표면에 땀처럼 맺히는
가랑가랑한 누님의 기침 소리

아짐이 변했다

사달은 느닷없이 저수지가 생기면서부터다
고향 마을 뒤 저수지 공사가 시작되고
잠기게 된 선산을 이장移葬하는데
윗대 조상을 모시고 남은 능선에
친척들은 발 빠르게 자신의 할아버지 아버지 더러는
자신의 무덤까지 잡았는데
서편아짐네만 자리를 차지하지 못한 것이다

만날 때마다 넘치는 반가움으로 눈물 글썽이던 아짐이
주름살이 늘어갈수록 호르르륵 호르륵 웃음소리 낭랑
하게
맞잡은 손에 힘을 주던 아짐이
입술 씰룩이고 마른 낙엽처럼 또르르 굴러 멀찌감치
앉아 있다

쉰 살이 넘도록 혼자인 장남, 손자 둘 맡기고 소식 띄
엄띄엄 전하는 둘째
남편은 배부르게 밥도 못 먹던 시절에 보내고

서편에서 양지뜸으로 다시 광주에서 절집으로
집 한 채 온전히 차지하지 못했던 아짐
"형님이랑 함께 나 누울 자리 하나 봐 줘" 은근히 내
손가락을 쥐었는데

밭고랑에서 만나면 풋고추도 가지도 따 주고
집에서는 된장도 퍼 주고 고사리도 싸 주고
평생 주지 못해 안달이던 아짐 말씀이
엉겅퀴 가시로 내 목젖을 쓰리게 스친다

"즈그들은 산 것같이 살았응께 평장平葬하잔 말을 하제"

미황사 동백꽃

저 어두운 그늘 속에
누운 동백꽃
혼자 붉게 몸부림치다
축축한 땅에 입술을 맞춘
바람은 산등성이 위로 불고
바스락거리는 소리도 사라지고

하늘이 땅으로 내려와
숨 내쉬기도 어려운 어둠인데
저 떨어진 동백꽃을
누가 줍나
누가 언 손을 얹어
저 꽃 숨결 살펴 주나

모래밭에 올라오는 파도가
애타는 한숨 무심한 발길
다 지우듯
혼자서 빛깔을 지우고

몸을 돌려주고
어둠만 남은 꽃
저 꽃을 이제 누가 줍나

억새꽃

저, 억새꽃 좀 봐
가을빛이 다 말린 줄기 끝에
저렇게 솜꽃을 무더기로 피워 놓고
바람이 기척만 해도
서로 고개를 박고 헤헤 웃고 있잖아
이불 홑청 뜯어 말리는 마당에서
사각대는 천 끝에 코를 문지르며
누이와 서툰 숨바꼭질하는 것처럼

저 억새꽃 다 날리어 강물로 흐르고
산자락으로 가 눕고, 더러는
새 깃에 숨어 먼 나라로도 가면서
햇살 놀리는 장난으로
반짝 한 번 공중제비 하잖아
어두운 고샅 까치밥 따라
곱은 손 부비며 두렁두렁 돌아와
마루에 불 환히 켤 때 비치던 눈물처럼

타향살이

　기차가 하루 두 번 지나는 녹슨 철길을 산등성이가 지워 버립니다. 철길은 터널을 지나 더 이어져 있지만 눈은 산등성이를 넘지 못합니다. 그 산등 너머 가쁜 숨 두 번 더 쉬어야 오르는 등성이에 문패도 담도 없는 집이 한 채 있습니다. 전에는 그 집 스치기만 해도 시큰거렸지만 지금은 일 년에 서너 차례 휘둘러보고 마당 가에서 담배나 한 입 물고 오는 그 집과의 거리가 참 좋습니다. 그 거리 만드느라 이제껏 떠돌았습니다. 석탄을 실은 기차가 하루 두 번 지날 때마다 눈은 기차를 따라 갑니다. 어쩌다 눈물 말리러 달려가고 싶은 날도 그냥 속으로 몇 번 그 집 이름을 웅얼거립니다.

하류로 가고 싶다

속으로 흘러온 골짜기의 물을 만나

갈수록 맑아지는 강물처럼

살아가면서 만난 사람들로

저렇게 내일이 맑아진다면

산 구비마다 함께 따라온 모래들이

넉넉한 모래밭 이루고 강물을 품어

남은 기억을 가끔 반짝이게 한다면

지난 태풍에 살아남은 미루나무들

은빛 서늘한 물그림자

강물 흐름 속에서 굽어졌다 일어서며

서로 겹쳐지는 긴 가락을 따라

등 기대어 일어서기도 주저앉기도 하면서

조금씩 맑아지는 하류로 가고 싶다

어두운 이 마을을 지나서

제2부

등꽃

가난한 사람은 기원할 것이 더 많은 것일까
앙상하고 앙상하여 홀로는 버티고 서지 못해
서로의 몸뚱어리를 으스러지게 껴안고서야, 빌빌 꼬아
서야
겨우 선 등나무가 수백 수천의 꽃등을 달고 있다
해 뜨는 산등성이나 별빛 맑은 하늘이 아니라
자기를 밀어 올린 땅바닥이 제일 어둡다는 것을
어찌 알았을까 싶게
제 잎사귀로 고깔 씌워
하늘을 다 가리고 땅을 향해 등불을 켠다

어느 해 초파일 저녁 연등 행렬처럼 비에 젖은 꽃등
오래 혼자 걷는 사람은 때로는 눈물이
친구가 된다는 것을 알아 길가에 눈물 뿌리며 가듯
줄기 얽힌 자국마다 등꽃 내려 어둔 땅 비추는
그렁그렁한 눈물을 달고 있다

물매화

그는 아내와 아들 둘이 있었다
작은아들이 오토바이를 타고 하늘로 솟아오르고
아내도 얼마 있다 따라가 버렸다
그는 뼛가루를 논에 뿌리지 못하고 저수지에 뿌렸다
저수지의 물은 그의 논으로, 이웃의 논으로 흘렀다
그가 늘 돌볼 수 있는 곳이 거기였다
그는 일만 했다
해 뜨기 전에 시작해서 해진 후로도 한참 동안을
일만 했다
나이가 들수록 더 많은 농사를 지었고, 남의 논도 지
었다
아주 가끔 술을 마시기도 했지만 그것도 일 못하는 밤
이었다
큰아들은 그가 안쓰러워 얼마쯤 머물렀지만
그의 일 욕심에 질려 도시로 떠났다
그래도 일을 줄이지 않았다
겨울에는 비닐하우스 속에서 살았다
쉬는 날이라고는

추수 끝낸 빈 들 보이는 산등에 올라
억새 드문드문한 축축한 땅에 엉덩이를 붙이고
빈 들에 대고 뭐라고 속삭이다가 부끄럽게 웃는
그날뿐이었다
물매화가 그 곁에 앉아 있었다

마른 새를 줍다

맹감나무 넝쿨 아래서
잘 마른 참새를 주웠다
몸을 감싸던 솜털을 반쯤 잃고
날갯깃과 종아리 딱딱해진 새
툭 떨어지던 소리에 놀랐는지
자귀나무 연분홍 꽃술이 아직 떨고 있다

던지면 공중에 흩어질 것 같은
맹감나무잎 하나로 다 덮어지는
작고 가벼운 새
탱자나무 가시 울타리를 재빠르게 넘나들던 날개
이쪽저쪽 쉬지 않고 돌아보던 조심스럽던 고개
손바닥 위에 올리고 바라본다

흔적 없는 허공에
이 작은 날개를 몇 번이나 파닥였을까
얼마나 짹짹거리다 고개를
흙바닥에 내려 놓았을까

미루나무

말라 가는 저 미루나무
여름인데, 장마인데
땅속에도 땅 위에도 넘쳐나는
물바다인데
노랗게 물든 잎 떨구며
꼭대기부터 말라 가는
구름 한 점 걸지 못한
처량한 미루나무
뿌리가 썩어 가는지
몸통에 해충이 스며들었는지
쓸쓸한 미루나무
키나 작을 일이지
가지라도 쫙 펼칠 일이지
머저리 같은 놈, 머저리 같은 놈
참외 하우스 토마토 하우스 옥수수 하우스
죽자고 비닐 농사 넘치게 짓다
전답 잃고 마누라 잃고
허우대 값 못하고 말라죽은
내 친구 형식이 같은 놈

별을 보러 강으로 갔다

이팝나무꽃 올려다보다 은하수가 그리웠다
피아골 물보라는 하늘 올려다보며 흐르고
골짜기는 어두워 별이 보이지 않았다
별을 찾으러 산을 내려와
섬진강 모래사장 강물 속에 뜬 별을 보았다
바람이 불어도 소쩍새가 울어도
별이 강물 속에서 튀어 올랐다
튀어 오른 별은 모래알이 되고
밤이 깊어지자 속삭이듯 이야기 소리 들리고
어둠 속에서 걸어 나온 찔레꽃 향기가
어깨를 토닥였다
혼자 놀지 마라
혼자 우는 눈물 맛에 취하지 마라
어둠보다 더 검은 강물도
멧비둘기 구구구국 울음소리에 일렁이고
마른 꽃잎 하나 떨어져도 파문이 인다
별들도 끼리끼리 모여 밤을 건너고

해가 뜨자 강은 별로 가득 차고
어깨 부축이며 함께 살아온 사람들 이름을 세다
지난밤 스무 살까지 다녀온 나는
강가에서 붉게 일렁이는 별을 본다

개망초

흰나비 무게에도 뿌리까지 출렁이는
속이 비어 늘 허기져서
비탈진 묵은 밭에 잠시 머물다 쫓겨나
깊은 산에도 못 들고
억새에 채이고
산딸기에도 밀려
지긋지긋하게 쫓겨 다녀도 어디서나 흔한

먼지 둘러쓰고 길가에
사람 떠난 빈집 마당에
냇가 마른자갈 틈에
피던 개망초
오늘은 폐교 운동장 다 차지하고
이 학교 졸업생 숫자만큼 꽉 들어차
환하게 피었다

파내다 그냥 버린 누운향나무
빙 둘러서서 이마 맞대고 소곤거리다

땅바닥에 머리 끌며 장에서 돌아오는
외딴집 할멈에게 줄 맞춰 인사하고
바다 냄새 눅눅한 하늬바람에게
가볍게 몸 떨어 웃어 주고
운동장 가 측백나무에게
올해만 피겠다고 온몸 조아리며
꽃잎 날리는 개망초

잠들지 못한 밤

바람에 몰려 떠 다니던 눈이
검은 염전 가득 쌓여 하얀 세상이니
이런 밤에 그냥 잠들면 사람이겠냐며
잠들 수 없다는 너의 들뜬 목소리 들으며
창밖 날리는 눈이 무서웠다

이웃나라에서는 2미터의 눈 무게에
지붕이 내려앉아 사상자가 다수라고
가벼운 것들이 모이고 뭉쳐
기둥을 부러뜨렸다는데

슬쩍 부딪치고 중얼중얼 비아냥거리는 말들
더는 살 수 없어 옥상을 올라간 소녀
학원 빼먹은 것이 성적표 감춘 것이 들통날까 두려워
교복 넥타이를 풀어 층계 난간에 묶는 소년이야기
연이어 뉴스를 채우는 세상

소금은 없고 눈만 쌓인 염전 창고에 기대어

눈 날리는 검은 바다를 보며 너는
술을 마시고
새벽이 되도록 불 밝힌 학교 기숙사
충혈된 아이들 눈망울에
나는 깨알 같은 변명을 쌓고 있다

마약처럼 쌓이는 순백의 달콤함
진창길를 만드는 하얀 미소
밤새 날리는 저 가벼운 눈이 무섭다

코끝이 가렵다

파마가 너무 굵게 나왔다고, 염색한 머리가 가렵다고 한참 삐죽거리던 할머니들이 내 머리카락 자르는 커터날 소리에 일순 고요해졌습니다. 느닷없는 고요가 머쓱해서 할머니 일어서 두어 발 내딛다 다시 앉아 이야기를 시작합니다.

첩을 둘 얻었고 자식이 모두 열셋이었다는 황씨가 본댁인 김씨 할머니에게 돌아와 살다가, 시장 어물전에 나가는 김씨 할머니에게 '오늘은 왜 이렇게 일찍 나가?' 했는데 '언제는 이때 안 나갔가니!' 혀 차고 나간 김씨 할머니가 아침 장사 끝내고 오니, 황씨 벌써 저세상 사람이었다고, 임종을 아무도 못 본 영감이 짠하다는 할머니도 있고, 나이가 일흔일곱이니 영감이야 짠할 것도 없지만 가끔 리어카 밀어 주던 영감도 없는 김씨가 불쌍하다는 할머니도 있었는데, 나는 잘린 머리카락이 코끝에 앉아 가려워 미칠 지경이었습니다.

첩은 어엿한 어물전 내고 큰아들이랑 함께 장사하면서 김씨 할머니를 아는 체도 안 하는데, 그 골목 입구에서 좌판하는 김씨 할머니는 자식들 다 서울에 있으니 속상

해서 이제 어물전 좌판 더는 못할 것이라는 한 아주머니 말에 모두 황씨 할아버지는 하나도 불쌍하지 않게 되었습니다.

　그런데 머리카락 붙은 코끝이 너무 가려워 찡그리다가 "오매, 같은 남자라고 황씨 영감 편드요? 째래보지 마시오." 한 할머니 말씀에 그만 나는 얼굴도 모르는 황씨 영감이 미워졌습니다.

봄날이 간다

동백꽃 뚝 떨어진 저녁
생강나무 울타리는 별밭이다
땅 위에 허공에 꽃잎 얼굴들 깜박인다

지는 꽃 피는 꽃이 다 괜찮으니
지금 편안한 시절이란 말이지
겸손한 척 어색한 웃음을 팔고
산이나 타고 강둑이나 서성대며
시키는 일만, 먹고 자는 일만 하면서
꽃에게 나무에게 강물에게 살가운 미소 던지지
고공농성 노숙투쟁 소식에 빈주먹만 쥐었다 살그머니
펴고

이 산속 작은 학교에 들어앉아
우리들의 나라, 우리들의 세계에서
내가 나를 추방시키고
이런 편안함이 불안하면 가끔
꽃 지는 시늉으로

고개 흔들어 털어 내면서
잔자갈이나 툭툭 차면서

봄날이 간다, 불안하게
바람 불지 않아도 꽃은 지고

오월 자운영 꽃밭

자운영꽃 보기 위해 씨 뿌리지 않아
꽃 피자 농부는 서둘러
드르륵 경운기로 갈아엎고
자운영은 뒤집힌 땅 틈새로
흙덩이 사이로 논둑으로
줄기를 비틀어 기를 쓰고
진홍빛 꽃 피워 올린다
나들이 나온 한 가족 꽃밭 가에
사진 찍고 점심 펼쳐 놓아 꽃만큼 환하다
머잖아 또 갈아엎어질 자운영
그래서 기를 쓰고 꽃대를 올린다

흉터

새 한 마리가 가르고 가는 하늘 보다가
해 가린 손등에 무심한 눈이 닿으니
잊고 있던 흉터들 슬금슬금 드러난다
그중에도 낫에 베인 왼손의 무수한 흉터들
정작 내리친 오른손은 까마득히 잊어버린
빨갛게 솟아오르는 핏방울에 놀래
쑥잎이나 칡넝쿨을 찾던 마음도 놓아 버린
혼자서 외로웠을, 외로워 쫄아든 흉터
너 아직 거기 있구나
쓰러진 보리를 베던 꺼끄럽던 뙤약볕의 기억
눈 덮어쓴 솔가지를 내리치던 추운 겨울의 나무 지게
단단한 옹이로 박혀 있었구나
나이 들수록 손바닥 잔금이 얽히듯
손등 흉터들이 말한다
세상을 산 흔적은 상처,
아니 상처가 아문 흉터라고

금남로를 걸었다

상여 따라 도로가 광장이 되는 순간
옆 사람과 어색한 인사를 나눈다
반가움이 울컥 일다가 금방 멋쩍어진다
금남로 찻길에 앉으면 늘 이렇다
우리밀을 사랑했던 농부, 흥이 많았던 할아버지
먹먹하게 노제를 마치고
운구차를 따라 금남로를 걸었다
영정 속 동그란 미소
함께 걷는 알 만한 얼굴들 낯익은 깃발
슬픔보다 부끄러움으로
40년을 살아온 도시가 늘 버겁다
금남로에서 망월동으로 가는 길은 언제나 멀다
수십 년 몇 번이나 똑같은 일이 반복된다
서방 사거리에서 옆길에 앉았다
골목마다 차마 돌아서지 못해 서성이는 발들이 많다
그래도
무거워진 다리를 살금살금 디디고
팔랑이며 마르는 저 옥상의 빨래처럼

부드럽게 가벼워져야 한다
아직은 이 거리를 걸어야 한다
늦가을 햇빛도 은행잎을 허공에 띄운다

빈 들

강둑을 따라 강아지풀이 마르고 있다
고개 숙이는 것도 뻣뻣하게 꼬나보는 것도 아닌
어정쩡한 자세로 모가지만 흔들어 댄다
벼 밑동이 밀어낸 우듬지는 지난밤 서리에 타서 마르고
고무호스 따라 가면 무가 배꼽을 내놓은 채 파랗다

이제 잊혀질 시간이다
흔들 것이 없는 바람이 그냥 지나고
눈이 내렸다가 녹고
땅은 얼었다 풀렸다
하늘을 횡단하는 철새 떼들 그림자처럼
지우고 비우는 시간이다

무엇이 이 들판을 다시 채울 것인지 묻지 말자
갈무리된 씨앗도, 늦게 날아온 씨앗도
비바람에 숨겨진 씨앗도 있으리
얼어 죽지 않은 뿌리는 싹을 밀어 올리고
새 장화를 신은 사람들이 지나가리라

들쥐 몇 마리도 숨어들고

달이 지니 마을의 불빛이 밝아진다
꽉 찬 어둠 속에 들이 점점 넓어진다

박새를 만났다

꽃샘추위가 배꽃 뎅겅뎅겅 떨어뜨리는 오후
박새 한 마리 방 안으로 날아들었다
날갯짓 두 번 거리도 되지 않는 공간을
종종거리다 두리번거리다 꼬리를 흔들다
부리를 이마를 천장에 벽에 찧으며 발버둥이다
방문 열어 두어도 유리창을 향해서만 돌진이다
공포와 불안을 채운 눈이 감겨 있다

바닥에 떨어진 새를 주워 드니
발가락이 힘을 주어 튕겨 낸다
날개가 파다닥 손바닥을 때린다
그 발가락과 날개 사이
솜털의 보드랍고 따뜻한 온기가
찌릿 온몸에 퍼졌다
전기공사 일하다 전봇대 위에서 감전사한
친구 영길이가 기어이 담배 한 갑 쥐여주며
쥐었다 놓은 손바닥의 온기처럼

언 꽃봉오리가 박새의 날갯짓을 덮는 동안
빈 손바닥에 여전히 발가락이 꼼지락거리고
솜털은 보드랍게 손끝을 간질이고
눈물은 그냥 눈 속에서 말라 가고
한나절 그런 만남이 있었다

제3부

쓸쓸해진다는 것은

강아지풀 솜털로 손바닥 간질여도 쓴웃음이 나는 것
흰 구름 조각 바라보아도 그리운 얼굴이 겹치지 않고
마른 목구멍으로 혼자 중얼거리는 길을 오래 걷고도
사람 등만 보고 따라가다 헤어지는 길이지
갈참나무 낙엽길에 미끄러지면 주저앉아 땅바닥 툭툭
치고
보름달 든 들길에서 희미한 내 그림자가 무서워지는
것이지
깊은 어둠에 젖은 방에 딸깍 불 켜지면
낯설고 어색해서 황급히 스위치를 내리는 밤이지

빈자리

좁은 방을 더욱 좁게 만드는 건 책 때문이다
이젠 시시해져서, 활자가 번져 있어서, 너무 오래되어서
버릴 것들 가려 놓고 보니
이 책들이 얼마나 많은 벽을 차지했는지 알겠다
손때 묻을 걸 아쉬워하면 또 데리고 살아야 하기에
언젠가 다시 볼 거라는 미련에 속지 말자고
다 버리고 나니 이상하다
빈 공간이 개운하지 않다
넓어진 방이 편안하지 않다
제목이 그럴듯해서, 미처 덜 읽어서, 전집류라 이 빠져
보일까 봐
남아 있는 책들이 불쌍해 보인다
알맹이 삭아 버린 빈 껍질만 버렸는데
기억되는 옛날은 거의 남아 있는데
금방 새 책이 꽉 채울 것인데
대체 내가 무엇을 버린 것인지
벽도 방도 남은 책들도
막차 지나간 대합실처럼 텅 비어 버렸다

경 읽는 소리가 들렸다

입김을 불면 눅눅한 곰팡내가 났다
비는 어둠에 숨어 더 차가워지고 굵어졌다
어디까지 오를 작정이 아니라서
화엄사 구리대문 문고리며 구층암 모과나무에 서성이
다
물소리 따라 걷다 쉬다 보니 산 중간이다
어둠이 나무 밑동에서 일어나 하늘로 천천히 스며들
었다
숲과 길이 지워지자 나뭇잎 부딪는 소리가 커졌다
바짓단을 타고 한기가 목으로 오른다
걸음을 멈추면 나도 숲이다
눈을 감고 숨을 멎어 소리를 나누어 본다
노고단 너머 심원까지 갈 수 있을까
손전등 빛은 툴툴거리며 어둠 속으로 달아나고
숨소리는 계곡물 소리에 자꾸 빨려든다
길바닥에 주저앉아 비긋기를 기다리니
모자챙에서 떨어지는 물소리가 경 읽는 소리로 들린다
기억에서 흩어진 얼굴들 온몸에 파고들어
발가락까지 훑어 몸 냄새로 피어난다

설사

  평소 때와 다르게 먹은 것은 더위뿐인데 배 속이 꿈틀 거렸다 손바닥으로 배를 쓸어보고 베개를 끌어안아 다독 거리다, 무엇이 배 속에 들어와 탈을 낸 것인지 추적한 다. 머리와 등짝에 받은 햇빛이 원인인지, 발바닥과 종아 리로 올라온 열기 탓인지, 혹시 달맞이꽃 피는 걸 보려고 신발로 이슬 몇 번 턴 것도 이유가 되나? 일하지 않고도 살 수 없나 중얼거린 것은 뱉은 것이니 상관없을 것 같 고, 그작저작 이렇게 사는 것이지 맘 편히 먹자고 했던 것은 정말 먹은 것도 아니고, 에라 더러운 놈들 욕을 내 뱉으려다 다시 삼킨 것은 원래 내 것이었고, 뱃가죽이 당 기고 아플수록 설사의 정체가 자꾸 멀어진다. 바지춤을 추켜올리다 다시 앉아, 당분간 단식이나 할까? 이열치열 이라고 앞산 타며 땀을 쭉 뽑아 버릴까? 오기로 왕창 먹 어 버릴까? 수면제나 먹고 한숨 푹 자 버릴까 고민하다 콕콕 쑤시는 아랫배를 물끄러미 쳐다보니 가늘게 접힌 뱃가죽이 파르르 떨고 있다. 싸는 일에 집중하지 않는다 고, 배 속 비명소리를 외면한다고, 늘 그렇다고.

몸에서 다 삭지 못한 말, 비명을 외면한 발걸음 그것,
그것 때문이다.

햇빛 농사

가을 오후의 긴 햇살이
은행나무 잎 사이를 헤집고 뛰어다니자
뭐야, 뭐야 궁금한 은행잎들
바쁜 고갯짓이 소란스럽다
건너편 담벼락 사이에서 놀던 참새 두 마리
팔랑이는 은행잎에 놀라
은행나무 속으로 파고들어
두리번거린다
그 눈빛에
은행잎들 웅성거리며 몰려 내려온다

올 농사는 이렇게 끝났다

울타리 곁에서

된서리 속에 세 송이
철 모르는 넝쿨장미 피었다
쉴 새 없이 꽃 피우던 여름 지나
무성한 가지 다 잘리고
잎도 다 날리고
담벼락에 기댄 두어 개 뼈대에 붙어
붉은 꽃잎 서리 살짝 얹고
싱싱하게 피었다
저러다 말라죽거니 했는데
제법 꽃송이 굵어지더니
첫눈이 오던 날은 꽃잎까지 날린다
그만 끝이거니 했는데
노고단에 허옇게 눈 쌓인 오후
벌 나비도 없이 서툴게 열매를 맺었다
죽고 사는 것은 이런 것이라고

산정山頂에서

네가 지리산에 들고부터
어느 산봉우리에 올라도 저쪽 산은 모두 지리산이다
관광버스에서 풀린 수백 수천 명이
산자락에 스며들어도
내가 걷는 산길에 닿는 숨결은 너뿐이다
나무줄기 사이 직진하는 햇살은
모두 네 눈빛이다

때로는 우뚝 선 봉우리로 멀어졌다
굽이굽이 긴 능선으로 나란히 흐르다가
도란도란 함께 앉은 봉분이었다가
폭포에서 일어나는 맑은 바람으로
계곡의 찰랑이는 투명한 눈물이 너라고 믿는다

크고 작은 산봉우리 하늘 끝으로 묻힐 때까지 이야기
하고
섬진강 백사장 모래알만큼 기억이 반짝거려도
다 못한 입맞춤이 남고

미처 못 본 꽃송이가 있어
나, 오늘 산정에 서 있다

봄날은 길다

오월인데 노고단은 막 진달래 꽃밭이다
한 달 전 산 밑에서 진 꽃
다시 한창이고
초록은 진달래를 좇아 저 아래
산중턱을 부지런히 오르고 있다
함께 오른 아이에게
높이 오를수록 시간이 뒤로 흐르지 않냐 물으니
어처구니없다는 표정으로 밥은 언제 먹느냐 묻는다
나는 지나온 시간이 막 아쉬운 때고
아이는 갈 길이 먼 고단한 시간이다
그래, 지나온 길은 빤히 보여 아쉽지만
굽이진 갈 길은 한 치 앞도 멀다

오르락내리락 능선 따라 걷다 옆길로 들어
반야봉 까마귀와 점심 나눠 먹으며
시큰한 발목 주무른다
더 갈 수 있는 길 이어져 있어도
남은 해를 손바닥으로 가늠하며

거슬러 오른 시간 다시 내주고
내리막길이 더 멀다고
투덜대는 아이 소리 못들은 척
물소리 따라 내려온다
산 아래 마을은 오동꽃이 환하다

월식月蝕

운주사 돌부처는 와선 중이거나
입선 중이지만 입술웃음을 매달고 있다
찜질방이 그리운 부처는 누워
띄엄띄엄 내리는 눈송이에
입을 벌리고
바람을 닮고 싶은 부처는
참새를 불러 겨드랑이를 내어 주고
콧김으로 마른 단풍잎을 공중에 올리기도 한다
몸은 이미 육탈하고 머리만 남은 부처는
근엄하게 입술을 붙여 보지만
코 끝 바람에 재채기 참느라
턱을 목 아래로 끌어당기고

그래 누구나 이곳에서는
언 땅에 경배하며 무릎 꿇지 않고
나란히 서거나 다리 꼬고 앉아 입김을 나눈다
덩실 솟은 달 혼자 안타까워
그래도 부처인데 맞먹느냐고 슬쩍 눈을 흘기고

첫눈이 그 달 얼러 땅 위로 안고 내려오면
어둠 속에 키득거리는 별들
부처 무릎 아래로 숨고

풀 뽑기

사람 발길 뜸한 곳은 어디나 풀이 자란다
보도블록 틈, 시멘트 바닥 패여 먼지 쌓인 곳
드디어는 물 마른 수챗구멍 플라스틱 거름망 속까지
쪼그려 앉아 손가락으로 풀 모가지를 당겨도
발로 툭툭 차도 줄기보다 뿌리가 더 무성한 풀들이
술술 뽑힌다
민들레 한 폭으로 제기를 차다가
강아지풀 모가지 흔들며 요요요요 하다
개망초꽃 손가락에 끼워 날린다

다음 날 나가 보면 뿌리를 공중에 쳐들고 마른 풀 곁에
또 풀이 자라 있다
뽑지 말라고 꽃을 머리 위로 올린 놈도 있다
용용 죽겠지 그새 씨를 날리는 놈도 있다
우듬지만 뜯긴 놈은 악착같이 땅바닥을 긴다
풀과 벌이는 숨바꼭질
한꺼번에 다 찾으면 판이 깨진다고 협박하는 놈도 있다
보도블록 틈을 뿌리로 꽉 채우고도 술술 뽑히는

풀 뽑기에 한참 신명을 내다가
발자국 소리에 화들짝 놀란다
하마터면 내가 뽑힐 뻔한 순간이다

오동꽃이 피었다

저런 연보라 무더기가 어디 숨어 있다 나온 것이야
저건 꽃빛이 아니라 어제 뜬 무지개 끝물이
가지 끝에 뭉친 거야
아니 저 초록 잎들이 꽃받침 되어 받치며
햇빛 톡톡 튕겨 주기 전에는 저 맑음은 어림도 없어
쉿 조용히 해
도도하고 거만해서 변덕 부릴지 몰라
바람에 묻혀 버리면 어떡해
괜찮아
은사시 떡갈나무 상수리나무도
등 굽히고 떠받들고 있어
그렇다고 저렇게 환한 웃음이 어디 있어
산봉우리 하나 다 차지해도 괜찮은 거야
저건 먼저 진 꽃들 눈물 말리는 거야
봐, 뭉게구름 한 송이 끌어 올리잖아
하현달이 앞에서 끌고 가잖아
그뿐이야

11월, 비

빗방울이 연못에서 이루는
벼 낟알만 한 파문을 본다
빗방울은 이 작은 동그라미 하나 그리려
어두운 먼 하늘에서 흔들리며 오는가
그나마 다 번져 가지 못하고
곁에 또 곁에 다가드는 빗방울에
이지러지고 쪼그라드는 파문 하나로
논고랑으로 도랑으로 흐르지 못한 채
고개 꺾인 갈대가 몸통 끄덕이며 지키는
한 뼘 못 둑에 갇혀 생을 완성하는가
그래도 아직 얼지 않았다고
눈송이처럼 흔적도 없이 사라지지 않는다고
히죽히죽 웃으며 연못을 때리고 있는가
나뭇잎 떨어뜨리고 있는가

야간 산행

숲 속의 밤은 어두워
코앞을 가늠하느라 모공까지 열리니
딴 맘이 없다
어쩌다 멀리 출렁이는 플래시 불빛이
내 앞에서 멀어진다는 것
알고 나면 참 편안하다
가끔 내 웃음 흘려 놓고
흘린 웃음 주워 다시 웃고
더듬거리는 손에 닿는
잔가지만 만나고
키 큰 나무도 풀잎들도
지워 가며 걷는다
돌아보면 걸어온 길도 다 어둠이라
그냥 앞으로 걷는다

가을 강

겨울부터 여름까지 강은
기슭의 모래밭을 쓸어 가고 쓸어 온 것
그것 말고는 한 일도 없으면서

가을이라고
파닥이던 은비늘 물고기들 안에 다 가두고
허리를 자르고 지나는 날카로운 바람과
하얗게 흩어지는 억새꽃 데리고
저만큼 멀어져서 또 혼자다

제4부

산수유꽃 지나간 자리

섬진강 강물 혼자 찰랑거려도
강기슭에 한 가운데
가끔 뒤돌아본 흔적
가야 할 먼 길 위해 비운 이야기들
모래톱으로 남았네

내 몸속에서 빠져나간
모래알 같은 날들은
어디에 모래톱을 만들고
비슥하게 햇살 안아 혼자 반짝이나

산수유꽃 지나간 가지
바람으로 흩어져 꽃은 기억도 없고
잎은 피지 않아
봄날 다녀간 적 없다고 새침한데
강 건너에 살구꽃 한창이네

강 건너에 마을이 있다 1

같은 밤길을 십 년씩 다니다 보니
풍경은 익숙해져 지워지고
강물과 같이 흐르는 길이
늘 직선으로 뻗어 있다
고개를 들어 멀리 보는 것은
눈앞 돌멩이 하나 피하지 못하고
쓸데없이 어둠을 좇는 일이라
헤드라이트 불빛 환한 곳만큼
힘껏 액셀러레이터를 밟는다

막 지나온 길에
고양이 한 마리 지나갔는지
길 저편에 불빛 하나
켜지고 있었는지 꺼지고 있었는지
참, 길가 맨드라미가 피었던가

길이 휘어 보이면 몸을 비틀어
기를 쓰고 직선을 만든다

그저 앞으로

강 건너 마을에 곁눈 한 번 주지 않는다

강 건너에 마을이 있다 2

강둑, 메꽃 피던 자리에 한삼넝쿨 우거지고
윤나는 잎마다 푸른 이슬 매달았다
철 늦은 어린 꽃이 남아 있나 들춰 보다.
덤불 아래 어둠 속으로 한밤내 잎이 모은
이슬방울 떨어뜨리고
한삼넝쿨 가시에 긁힌 손가락이 오래 맵다

아침부터 탱자나무 울타리 가시 사이를
포롱포롱 뜀뛰기하던 참새 두 마리
고갯짓으로 내 손가락 가리키며 웃는다
노란 탱자 서넛 떨어진 땅바닥에
참새 보드라운 솜털도 함께 떨어진다
날래고 날랜 몸짓으로도 너도
가시에 찔려 아프구나

강 건너에 마을이 있다 3

십 년쯤 바라보다 보면
몸에 들어와 함께 흐를 줄 알았는데
강가에 오래 서성대도
마른 세월만 흘러간다

무딘 강물 같으니라고,
그까짓 한 사람의 마음을 실어 가지 못하니
천년을 흐른다고 뭘 바다로 데려갈 수 있겠느냐

은행잎에게 보내는 편지

산정에 첫눈 내린 모습 보셨습니까? 병아리 발톱 같은 새순 시절부터 노랑물 앉은 지금까지 얼마나 팔랑거렸습니까? 참새들이 우르르 몰려다니며 발을 헛디딜 때마다 그 무게에 눌려 떨어질까 얼마나 조마조마했습니까? 이제 빗방울 하나 매달지 못하게 가벼워졌으니, 바람을 맞아 소란스럽게 웃어 주고, 손목 잡고 내려오세요.

그러나 맨 꼭대기 숨어 있던 까치집은 그대로 두세요. 나란히 뻗은 가지들, 그 자리에 또 새순을 밀어 올리는 겨울 내내 아프게 서로를 후려치면서 그대를 잊지 않으려 애쓸 테니. 살랑거리고 간지럼 태우던 그대의 기억으로 오래 아파할 테니. 안녕, 안녕, 안녕 하나씩 인사할 틈도 없이, 우르르 보내고 우두커니 흰 눈을 맞을 테니.

당산나무 두 그루

산자락 두 개가 엉덩이처럼 맞닿은 서당골에 당산나무 두 그루 있습니다. 삭정이가 조금 늘어난, 가지들이 단출해진 두 그루, 나무꾼도 없고, 꼬맹이들 놀이터도 못 되는 그 자리 지키고 있습니다. 다람쥐들만 간간이 부산하게 오가고 마을 저 아래쪽에 아파트가 세워졌어도 산으로 오르는 사람 없습니다. 가끔씩 지나가던 상여 소리도 진즉 끊겼습니다. 어딘가 늙은 나무가 대접받는 세상이 있다지만, 하필이면 이 자리를 잡아 준 이가 누군지.

전에는 너무 가까이 서 있어 갑갑했는데 지금은 서로 바라보기에 알맞은 거리입니다.

거기 그렇게 당산나무 두 그루 아직 서 있습니다.

파도리 소쩍새

그대가 부르는 소리는
늘 먼 데 있는 것 같아
울음소리로만 있는 곳 가늠하며
찾아갈 생각도 못했는데

산마을 유월 밤
가로등 매단 큰 나무에 와서
소쩍 소쪽 다 울지 못하고
소 소적 소 소 소족
수줍고 조심조심
울다 그치고 또 울다 그치고
먼 읍내 불빛 휘돌아 와
뒷산 앞산 밤새워 맴도는 그대

오래 알고 지냈어도
눈빛 마주 보지 않은
손 한 번 흔들어 주지 못한
새벽별 질 때까지

따라다니며 맴돌며
앞산 나뭇잎 수만큼 설레고 안타까운
그대

첫사랑

열일곱 바삭거리던 가슴, 산수유 가지에 다가가
열 송이 스무 송이 뭉쳐야 노란 저녁별 하나
십만 송이 백만 송이 모여야 동네어귀 가로등 하나
그러다 새벽달처럼 땅에 닿지도 않고 흩어지더니
첫눈 오는 날
반질하고 탱탱한 산수유 알로 돌아왔네

저녁별 올려보다
가로등 아래 서성이다
잊어버린 두근거림
산수유 열매로, 그 붉은빛
하늘 가득이다

족제비를 만나다

찰랑이는 여울 물방울이 가을 햇살 만나
순금의 그물망 개울 바닥에 펼쳐 놓은 날
어미 몰래 마실 가는 족제비 새끼 만났습니다
다람쥐꼬리만 한 몸통으로 앞발 싹싹 비비며 아양 떠는
달음질치다가 숨바꼭질하다
따순 바위에서 게으른 기지개 켤 때까지
겸연쩍은 변명 들어주며
억새가 배꼽 잡고 온몸 흔들며 웃어도
은행잎이 새 흉내로 날아도
상관 않고
가을 한나절 잘 놀았습니다
헤어지면서 촉촉한 눈짓 주고받았습니다

저수지에서

뒤 물결이 앞 물결을 밀어내는 것은 어쩌다 있는 일이지. 순서가 없어. 먼저 흐른다고 꼭 앞서기만 하는 것은 아니야. 저수지에 갇혀 갈앉아 버리면 언제 흐를 수 있을지 몰라. 그냥 모여 있는 거야. 흐르는 것이 본능이 아니라고.

수문이 열리거나 둑을 넘어 쏟아질 때는 날아오다가 결국 잡혀서 흐르는 거야.

바람이 꽃잎을 밀어 오면 꽃잎이 되고, 어둠이 햇살을 데려 오면 햇살이 되어도 잠시 머금은 듯 다시 물이 되는 거야. 오래 들여다보지 마. 그림자 없는 밤이면 너나 나 분간 없이 저절로 하나가 돼. 눈으로 보나 가슴으로 보나 다르지 않아. 나는 흐르기 위해 잠시 이곳에 머무는 것이 아니야. 흐르는 것이 내 본능은 아니라니까. 구름이 되기 위해 네가 태어나는 것이 아닌 것처럼.

금잔화를 심다

팬지꽃 시든 화분에 숨어든 잡초 털고 금잔화 옮겨 심습니다. 모판에서 기른 모종 가려 뽑아 화분 하나에 세 개씩, 어깨 떡 벌어져 두 포기가 적당해도 약한 것 하나 끼워 억지로 세 포기를 맞춥니다. 거름도 넉넉하고 물도 정기적으로 줄 것입니다. 비실대는 것은 두 포기나 세 포기를 하나로 쳐서 세웁니다. 팬지꽃도 세 포기씩이었고, 작년에도 세 포기씩이었으니.

얼마나 밝은 꽃을 달지 몇 송이 밀어 올릴지 생각하지 않습니다. 이리저리 옮겨지며 회색 벽을 가리고 휑한 길을 장식하면 그뿐입니다. 손가락 사이로 빠져나가는 햇볕도 꾹꾹 눌러 같이 심고, 이마에서 떨어지는 땀도 한 알 같이 비벼 넣습니다. 심고 남은 모종은 더 심을 화분이 없으니 툭툭 차 울타리 아래에 던져둡니다. 뿌리가 덜렁거리고 줄기 으깨진 채 마르는 모종 더는 쓸모없습니다.

물까지 주고 나니 하루가 뿌듯합니다. 오늘도 학교에서 잘 지냈습니다.

우두 가는 길

버스 꽁무니에 매달린 먼지가 단풍 빛을 지운다
한참 달려도 지나온 길이 저 아래 나란한 굽이길
산꼭대기만 혼자 석양에 달아오른 길
폐교된 초등학교 둘을 지나도 길은 이어지고
사람 손이 닿지 않은 비탈 논은 다시 산이 되고

애초에 이 길을 오고 싶지 않았다
다들 간다고 하니 빠지지 못해 온 길
동료들은 흔들리는 버스에 중심을 잡느라
아무 말도 하지 않고 팔뚝에 힘을 주고

이제 나는 구비지고 긴 길이 고맙다
돌아가는 길이 멀다면 그만큼 오래 함께 흔들리리라
앞이 보이지 않는 길에서는 옆자리 숨소리도 힘이 되니
각자 딴 생각으로 가다가도 눈빛 엉킬 수 있으니

수월정에서

그대에게 가기 위해 여기에 왔네
장맛비에 벌겋게 달아오르던 강물이
급하게 여울을 돌아내리다
잠시 매무새를 고치며 쉬는 이곳에
잠시 숨을 고르고 앉아 있네
이제 산 한 자락 넘으면 그대가 있는 곳
강가에 여섯 겹 일곱 겹 겹친 산자락이
하나씩 제 모습을 지워 가는 칠월 저녁
무릎 아래 때 이른 코스모스 한 송이
때 이른 줄도 모르고 핀 것을
강물은 다 괜찮다고 빙그르 돌아나가고

그래, 자네가 통하지 않는 모국어 시를
쉰 목청으로 읽는 소리
저 산 너머에서 들리기 시작하네
이제 어둠이 강물 더 밝게 빛내니
저물녘 홰를 치는 엉뚱한 수탉처럼
바짓단 찰진 흙 바른 채 그대에게 가네

봄날 서시

　지금 나는 나뭇잎 속으로 스며듭니다. 푸른 길을 걸어
오월 나뭇잎의 부드러움 싱그러움 푸르름 반짝거림 여림
그 리듬 속으로, 생강나무 잎의 짙은 어둠 속으로, 감나
무 잎의 반짝임으로, 물푸레나무의 기다림으로, 은사시
나무 잎 하얀 순정 속으로

　잎을 매단 가느다란 나뭇가지들은 가볍게 나를 태워
울렁거리고 흔들거리고 빙글빙글 돌다 울컥 눈물 쏟습니
다. 그 눈물로 나는 처음 쓴 시를 고쳐 쓰고, 울렁이는 가
슴으로 꽃잎을 밀어 올리고, 빙글빙글 흔들리며 숲을 이
룹니다. 이 집에서 오래 살아야겠습니다.

40년 세월이 빚은 한 '머저리'의 시집

곽재구 시인·순천대 교수

1979년의 봄날 그를 처음 만났다.

붉은색 벽돌 빛이 고풍스런 전남대 문학부의 나무벤치에서였다. 두 그루의 묵은 등나무가 펼친 보라색 등꽃 아래 앉아 있으면 세상이 온통 보라색의 시로 뒤덮인 것 같았다. 하루하루의 삶은 박정희 씨의 이름으로 흉포했지만 우리 모두는 이십 대였고 매일 함께 모여 시를 이야기하는 것만으로 한 줄기 강물이 우리들 마음 안으로 흘러들어왔다.

시가 세상을 변하게 할 수 있을까? 그때까지 이 생각은 우리에게 절실한 것이 아니었다. 박재삼의 「울음이

타는 가을 강」과 박인환의 「세월이 가면」과 같은 시들을
우리는 여전히 사랑했다. 그 시절 우리는 매일 만나 얼굴
을 부비고 시를 썼다. 한 선배가 시를 써서 낭송하고 그
시가 적힌 원고지를 라이터 불로 태울 때 우리는 사라진
시보다 더 근사한 새로운 시들이 우리 곁을 찾아올 거라
생각했다. 시를 태운 재들을 막걸리 사발에 뿌리고 함께
나눠 마시는 시간들이 지상에 있었다.

  그는 공과대학 1학년 학생이었다. 공돌이인 그가 이
문학부의 축제를 지켜보았고 다음 해 문학부 1학년으로
재입학을 한다. 그렇게 정양주의 시의 시절이 시작되었
다. 어쩌면 이 시절이 그의 삶에 있어서 최대의 불행이었
고 최고의 행운이었는지 모른다. 1980년 광주의 오월.
잔혹한 역사의 현실 속에서 문학부 벤치의 '어린 시인'
들은 대부분 전사가 되었다. 그 또한 역사의 수레바퀴 속
에서 강제 징집을 당한다. 한참 아름다운 시를 써야 할
시기에 시를 쓸 수 없었던 것이 그의 불행이었고, 삶에는
시보다 더 우월한 가치의 무엇이 있다는 걸 깨달은 것이
행운이었다. 시가 세상을 변하게 할 수 있을까?

  하늘이 두 뼘쯤 되는 산골짜기 집 마당에
  백 촉짜리 백열등 주렁주렁 달렸습니다

저 집에서 다시 불빛 새어 나올 일 없습니다

장독대 항아리들 다시 빛날 날 없습니다

툇마루에 걸터앉을 엉덩이 없습니다

시골집 환하면 그것으로 끝입니다

마지막 불빛입니다

- 「환하면 끝입니다」 전문

　십 년 이상의 세월이 훌쩍 지난 뒤 그의 시를 만났다. 섬진강 변의 옛 나루터 마을에서 이 시를 읽었는데 마음이 따뜻했다. 내가 살던 제월리 마을 사람들이 제일 두려워한 것이 밤이 되어도 앞집의 불이 켜지지 않는 것이었다. 다음 날 아침에야 문을 두드려보고 집 주인의 유고를 확인한 뒤 망자의 집에는 수십 개의 백열등이 한꺼번에 켜졌다. 세상 떠난 이가 마지막 순간에 외롭지 않게 하려는 마을 사람들의 배려였다. 사나흘 후 저 집에서 다시 불이 새어 나올 일은 없겠지만 남은 사람들 다시 불 켜고 이 세상 어딘가를 향해 나아갈 것을 알기 때문에 이 불빛은 마냥 쓸쓸한 것만은 아니다. 나는 그가 힘든 전사의 시절에서 벗어나 자신만의 시의 불씨 하나를 찾았음을 느낄 수 있었다. 시인에게 최고의 무기는 안쓰러워하는 마음이다. 외로운 것들, 쓸쓸한 것들, 이름 없는 것들, 그들의 영혼을 향해 자신의 마음을 한 조각 머리고기처럼 나누어 줄 수 있음이니 이때 비로소 시는 우리들 사는 세상 속으로 스며드는 것이다.

> 열 살 때 엄니 따라 시래기 주우러 처음 온 곳
>
> 새벽부터 리어카 끌고 삼십 리, 배추밭 주인 눈치 보며
> 작업하는 인부들 꽁무니에서 시래기를 모으고
> 폭 덜 찬 배추 몇 개 더 얻어
> 칼바람 속에도 등짝에 땀나던
> 배춧잎 달랑 한 장 토끼 주고
> 우리 식구가 겨우내 다 먹었던
>
> — 「남평」 부분

모든 연민의 시작은 유년의 강이다. 주인의 눈치를 보며 모은 배추밭의 시래기. 이 시래기는 토끼에게도 주고 겨우내 식구들의 식량이 된다. 배추 시래기는 나와 가족을 연결해 주고 나와 토끼와 세계를 연결해 준다. 시가 태어날 공간을 마련해 주는 것이다. 이름이 없는 존재에

게 생명을 부여하는 것은 궁핍한 지상에서 시인만이 할
수 있는 것이다.

> 양은 주전자 혼자 마루 햇살 차지하고 있다
> 막걸리 가득 담았던 홍은 찌그러진 자국으로 남고
> 몽당 빗자루와 분홍물 다 바랜 플라스틱 파리채가
> 기운 기둥을 붙들고 있다
> 기억이 남으면 사라지는 것은 없구나
> 그러고 보니 방문에 붙어 있던 파리들은 다 어디로
> 갔지
> 거미가 떠난 거미줄은 묵은 솜처럼 처져 있고
>
> ─「양지편의 겨울」 부분

마루 위 찌그러진 양은 주전자에게 햇살을 부여하는
것은 조물주가 아니라 시인의 예지이다. 존재하는 그 어
떤 생령도 그것을 인식하는 예지의 힘이 없다면 그 순간
존재는 무명이 된다. 탈 무명의 접점에서 시인은 기운
기둥에 매달린 파리채를 보고 "방문에 붙어 있던 파리들
이 다 어디로 갔지?" 하는 생각을 한다. 사라진 것이 어
디 파리뿐일 것인가? 거미가 떠난 거미줄을 보며 시인
은 모든 떠나간 것들의 뒤에 남는 기억을 생각하고 기억

이 남으면 사라지는 것은 없다는 인식에 이른다. 그렇지 아니한가? 어떤 절망 속에서도 삶이 지속되는 이유 또한 같을 것이다. 기억이 있으니 그 샘 안에서 시인은 무망한 존재들을 위한 새로운 생명력을 부여할 수 있는 것이다.

이 시집에 수많은 꽃과 나무들이 등장하는 것은 그가 지향하는 인식의 한 초점을 보여준다 할 것이다.

오래 혼자 걷는 사람은 때로는 눈물이
친구가 된다는 것을 알아 길가에 눈물 뿌리며 가듯
—「등꽃」 부분

저런 연보라 무더기가 어디 숨어 있다 나온 것이야
저건 꽃빛이 아니라 어제 뜬 무지개 끝물이
가지 끝에 뭉친 거야
—「오동꽃이 피었다」 부분

이불 홑청 뜯어 말리는 마당에서
사각대는 천 끝에 코를 문지르며
누이와 서툰 숨바꼭질하는 것처럼
—「억새꽃」 부분

머저리 같은 놈 머저리 같은 놈

참외 하우스 토마토 하우스 옥수수 하우스

죽자고 비닐농사 넘치게 짓다

전답 잃고 마누라 잃고

허우대 값 못하고 말라 죽은

내 친구 형식이 같은 놈

－「미루나무」 부분

눈물 흘리며 혼자 걷는 사람. 시 「등꽃」을 읽는 동안 자연스레 문학부 벤치의 1980년 봄 생각이 났다. 이 세상의 모든 꽃들이 눈물을 흘리기 위해 태어난 것은 아니지만 우리가 사랑할 세상에 이르기 위해 사람은 또 수많은 눈물을 흘리며 걷고 또 걸어야 한다. 이 눈물의 빛깔이 보라색이라는 것. 시인이 등꽃을 사랑하는 이유일 것이다. 오동꽃 또한 보라색. 이승의 꽃빛이 아니라 천상의 무지개가 남겨 놓은 빛. 그 빛을 생각하면 삶은 또 새로운 언덕에 이를 수 있지 않겠는가. 억새꽃을 누이와 숨바꼭질하는 순간으로 바꿔 놓은 감각의 전환이 사랑스럽다. 이불 홑청 말리는 마당가, 사각대는 천에 코를 문지르는 화자의 모습 속에 평화를 향한 시인의 숨소리가 들어 있다. 머저리 같은 놈 이라는 욕설 속에 숨어 있는 친구 형식이의 모습. 어찌 형식이 시인의 친구뿐일 것인가. 사는 동안 우리는 이렇게 머저리 같은 많은 친구들을 보았다. 역사는 어쩌면 이 머저리들 덕분에 핍진한 숨을 내쉬는 것은 아닌지. 80년 봄날 등나무 벤치 아래 모인 '어린 시인'들 속에도 이 '머저리'들은 많고 많았다.

이팝나무꽃 올려다보다 은하수가 그리웠다
피아골 물보라는 하늘 올려다보며 흐르고
골짜기는 어두워 별이 보이지 않았다
별을 찾으러 산을 내려와
섬진강 모래사장 강물 속에 뜬 별을 보았다
바람이 불어도 소쩍새가 울어도
별이 강물 속에서 튀어 올랐다.
튀어 오른 별은 모래알이 되고
밤이 깊어지자 속삭이듯 이야기 소리 들리고
어둠 속에서 걸어 나온 찔레꽃 향기가
어깨를 토닥였다
혼자 놀지 마라
혼자 우는 눈물 맛에 취하지 마라

어둠보다 더 검은 강물도

멧비둘기 구구구국 울음소리에 일렁이고

마른 꽃잎 하나 떨어져도 파문이 인다

별들도 끼리끼리 모여 밤을 건너고

해가 뜨자 강은 별로 가득 차고

어깨 부축이며 함께 살아온 사람들 이름을 세다

지난밤 스무 살까지 다녀온 나는

강가에서 붉게 일렁이는 별을 본다

– 「별을 보러 강으로 갔다」 전문

그 시절 한 '머저리'였던 그가 지금 이 순간 강으로 간다. 해가 뜨는 강에서 반짝이는 물살을 보며 "함께 살아온 사람들 이름을 세며" 스무 살의 기억 속으로 나아간다. 어찌 그 시절을 절망뿐이라 부를 것인가? 그 시절은 어둠 속의 찔레꽃 향기가 "혼자 놀지 마라/혼자 우는 눈물 맛에 취하지 마라"고 따뜻하게 등 토닥이던 시절이었다. 이 두 줄만 있다면 삶은 결코 외롭거나 비관적이지 않을 것이다. 이 시를 읽는 동안 나의 외로웠던 시절 또한 찔레꽃 향기의 위로를 받는 느낌이었다.

그러나 맨 꼭대기 숨어 있던 까치집은 그대로 두세
요. 나란히 뻗은 가지들, 그 자리에 또 새순을 밀어 올리
는 겨울 내내 아프게 서로를 후려치면서 그대를 잊지 않
으려 애쓸 테니. 살랑거리고 간지럼 태우던 그대의 기억
으로 오래 아파할 테니. 안녕, 안녕, 안녕 하나씩 인사할
틈도 없이, 우르르 보내고 우두커니 흰 눈을 맞을 테니,

– 「은행잎에게 보내는 편지」 부분

이 편지의 수신인을 어찌 은행잎뿐이라 할 것인가? 삶
내내 서로를 후려치며 아파한 기억들. 이 기억들 속에서
인간과 역사는 전진한다. 후회하지 않으면 삶이 아니고
참회가 없다면 역사는 존재하지 않을 것이다. 인사할 틈
도 없이 흰 눈을 맞는 은행나무의 모습 속에 지난 시절
궁핍하게 산 우리 모두의 자화상이 들어 있다. 뜨겁게 눈
물 흘리는 안녕이라는 말. 이 속에 새로운 세계를 향한
마음의 몸짓이 들어 있는 것이다. 떠남과 만남의 인사가
기실 같은 이유이다.

지금 나는 나뭇잎 속으로 스며듭니다. 푸른 길을 걸
어 오월 나뭇잎의 부드러움 싱그러움 푸르름 반짝거림
여림 그 리듬 속으로, 생강나무 잎의 짙은 어둠 속으로,

감나무 잎의 반짝임으로, 물푸레나무의 기다림으로, 은
사시나무 잎 하얀 순정 속으로

잎을 매단 가느다란 나뭇가지들은 가볍게 나를 태워
울렁거리고 흔들거리고 빙글빙글 돌다 울컥 눈물 쏟습
니다. 그 눈물로 나는 처음 쓴 시를 고쳐 쓰고, 울렁이는
가슴으로 꽃잎을 밀어 올리고, 빙글빙글 흔들리며 숲을
이룹니다. 이 집에서 오래 살아야겠습니다.

– 「봄날 서시」 전문

시인은 이제 푸른 나뭇잎 속으로 스며드는 꿈을 꾼다.
문학부 벤치에서 함께 등꽃을 본 한 동무로서 이 스며듦
은 충분히 이해가 된다. 30년 세월 동안 교단에 선 그가
나뭇잎이 되어 세상의 모든 흔들리는 것들에게 반짝임을
선물하고 싶어 한다. 나뭇가지들 속에서 흔들리다 시를
생각하고 눈물을 쏟으며 다시 시를 쓰는 것이다. 오랫동
안 나는 눈물 흘리며 쓴 시를 가장 좋은 시라 생각했다.
40년 만에 첫 시집을 내는 이 '머저리 후배'는 눈물로
처음 쓴 시를 다시 고쳐 쓰고 싶어 한다. 진정한 시인의
자세 아니겠는가. 눈물 속에서 쓴 사랑과 진실의 시를 다
시 고쳐 쓸 때 세계에 시의 진보는 다시 시작될 것이다.

시가 세상을 변하게 할 수 있을까? 40년 세월. 그의 늦은 시집이 여기에 대한 답을 준다.

정양주

1960년 전라남도 화순에서 태어났다. 전남대학교 국어국문학과를 졸업하고 1989년 〈무등일보〉 신춘문예로 작품활동을 시작했다. 전교조 활동으로 해직된 기간을 포함하여 30여 년 동안 중고등학교 교사로 일하면서 시를 쓰고 있다.

e-mail｜jyjjj20@hanmail.net

별을 보러 강으로 갔다

초판1쇄 펴낸 날｜2018년 7월 18일
초판2쇄 펴낸 날｜2019년 3월 11일

지은이｜정양주
펴낸이｜송광룡
펴낸곳｜문학들
등록｜2005년 8월 24일 제2005 1-2호
주소｜61489 광주광역시 동구 천변우로 487(학동)2층
전화｜062-651-6968
팩스｜062-651-9690
전자우편｜munhakdle@hanmail.net
블로그｜blog.naver.com/munhakdlesimmian

ⓒ 정양주 2018
ISBN 979-11-86530-50-4 03810